生來憂傷

推薦序

文字創作者 辰榛／

在 PTT Poem 版認識 thankmilk 這串 ID 已是許多年前，詩版傳統見字不見人，最誠實的只有作品，而 thankmilk 便逐漸成為好詩的代表者。精妙靈動的雙關、直指內心的遺詞，每句話都值得咀嚼千萬次。如果你希望讀到一本詩集，能瞥見時事的脈動，更讓你能深切地內窺自我，那麼 thankmilk 將帶著你，用精靈的筆，走過這趟旅程。

平面設計工作者 黃梵真／

我喜歡觀測自己回首時發現一切的情緒，例如走過小徑錯過的花、抵達彼岸身後的光。

我跟知橋很像，習慣當好笑的人，也喜歡寫陰鬱的字，常常會被人們誤以為這樣的人設是矛盾的，但其實相互為養分。

把書寫歸納成想看見自己心理狀態的起伏與活動，是驚訝或帶一些輕微懊悔，是享受瞬間還是跟自己咎責的習慣，像某知名家具賣場的訴求，善於整理和收納。知橋的文字有這樣的魔力與習慣，你會好奇他整理的速度和方法，他就是那種會用自己眼睛把感受劈開，最後跟你說血是紅酒紅，肉是櫻花粉的，浪漫的人。

他擅長想像也擅長想像他人的想像，因為生來溫煦、生來憂傷。

他的敘事方式是幽微綻放的花、也是粼粼波光，讀到最後一句會看見他是如何鋪陳的回應，就像他寫的偏義複詞：

寫下忘和記，最後是記。

恭喜他，還記得自己寫過這麼多字，祝福也開得正好，正好。

大家早安。

自序

對我來說，夢想分成兩種：一種是夢，一種是想。

就像字面上的意思，夢只會是夢，睡著後才有機會實現，像是飛行、像是隱形。

但想不一樣，想就是一件你一直想去做的事，只是你不知道有沒有機會成真。

小時候，出書是我的夢想，除了喜歡寫寫文字以外，另一部分是我市儈地以為出書可以賺很多錢，這一切要拜侯文詠所賜，我天真地認為，他是醫生居然還出書，一定是因為出書比當醫生還賺錢吧。

長大後才知道，任何作家聽了這些都會笑我荒唐。

原來他們出書就只是因為，他們寫了又寫，寫到後來要用紙與墨，承載源源不絕的文字排列與組合，把無窮無盡的眷戀與哀愁裝幀。

在穿梭過這麼多排列組合的過程，我遇見愛我的人與我愛的人，讓我哭或笑或悵然若失的人，寫下一個一個字，讓我把出書從夢變成想。

謝謝他們，謝謝我的家人。

也謝謝我自己。

目次

輯一 獨活

蜂

聽說蜂的一生
只會叮上一個人
之後螫針就那樣
牽腸掛肚

后羿

你是他射下的第九顆
備用太陽
他跟第十顆太陽從此幸福快樂
人們傳為佳話
只有你知道
曾經多麼想要照亮他

魚

這條河有許多魚
魚說：「　　　　　。」
啵啵啵，只是氣泡
沒有人聽見
魚哭了
透明的淚溶進透明的河
沒有人看見

這條河有許多魚
但這條魚，只有一條河

中藥舖

將思念
三兩七錢熬成一晚
佐黃連睡去
你應當歸
否則我怎獨活

後記：獨活，多年生草本植物，性味辛、苦。
原來獨活，本該辛苦。

他把你留下

一句話可能
會有兩種意思

有一次你想離開
他拉著你的手
把你留下

也有一次
他離開
把你留下
把你一個人留下

無關

他記憶力好
總記得他

記得他寫得一手好字
出門時留下的便箋
與唯一一封信

記得他彈吉他

塗塗改改的樂譜
與最後忘了換上的弦

記得他買給他的手套
黑灰相間
與那 Gloves 內的 love

他記得他的一切
卻忘記他的塵埃落定
已與他無關

倒退走

最後，要離開你的時候
請原諒我倒退著走
不是捨不得，不是的
只是你像太陽，倘若背對你的我只能看見一地陰影

而我向來怕黑

扣子

那是你珍愛的襯衫
卻因為掉了一顆扣子
穿著覺得彆扭
你找了一天、兩天
一年、兩年
卻仍遍尋不著
最後你放棄那個扣子

後來有一天
無意間在衣櫥角落發現那顆扣子
但你早已買了許多新的襯衫

瘀血

愛像瘀血
總想不起什麼時候碰傷
和你也像瘀血那樣
久了就散了

南瓜難

我不敢吃南瓜
西瓜可以
冬瓜可以
北瓜，那啥？
就是不敢吃南瓜
它太難了

海生館

水母／

可能在你眼裡
我一直是透明
才會在我漂著離去時
你沉默不語

螃蟹／

比出V字手勢
不是為了開心
而是因為要拿著武器
才能面對世界與保護你

蝦／

蜷曲著入睡
以為這樣就能長出甲殼
隔絕一切

海星／

攤開成大字
配上天真的粉紅色
讓你知道這是我道別時
最灑脫的姿勢

海葵與小丑魚／

謝謝你不嫌我滿身毒液
仍願意住進我心裡
就算你帶他一起
我也由衷感激

燈籠魚／

曾在最深的海底
點燈尋你
卻只照亮了醜怪的自己

偏義複詞

老師說
由兩個意義截然不同的字組成
卻只取其一
稱之為偏義複詞

例如忘記
其實就只是忘

老師還沒說完
便鐘響，下課
我們的愛隨著青春畢業
突然想起
老師那年教錯了
忘記明明就沒有忘
都是記

後來又遇見他
與他發生很多事情
老師也說，事情
就是事
但老師不知道的，我跟他
都是情

最後一刻
驀然想起，不懼生死
老師說；這裡的意思只有死
因為生，沒什麼好懼的
老師又錯了
生，才是最可懼的

後記：

國文課是我最專心也最不專心的一堂課，
不管老師講什麼，我都會在心裡默默反駁。
講到音譯與意譯，
老師說安非他命是音譯，
我就會想：可能也是意譯吧，
「難道不是他的命嗎？」
講到偏義複詞，
我會想：少來，常常不是這樣。

輯二 放下

兩件事

這家店裝潢很好
但食物很難吃
沒關係，這是兩件事
你可以去拍照打卡，少點一些菜
這演員私生活不檢點
但演技一流
沒關係，這是兩件事
你可以看他的電影，然後批評他的生活

這人，個性很不錯
但做事情很隨便
沒關係，這是兩件事
你可以當他的朋友，不要跟他當同事

你很愛他，但他不愛你
沒關係，這也是兩件事
你可以繼續愛他
只是永遠不會有結果

放下

他們叫我放下你
放下你的笑臉
與屬於你三月的春天

我說我會
我的心早已放下你
再也放不下誰

後記：

可能是我一輩子第一首稱得上詩的詩吧。
跟他分開後才知道，
原來有些人的離開，
要花很長的時間才能放下。
有時就算過了這麼長的時間，
你還是不確定放下了沒。
但就算沒放下，
好像也沒關係；
畢竟心裡多了些什麼，
好過心裡少了些什麼。

你是我寫過最長的句子

你是我寫過最長的句子
每次念你
都忘記換氣
喚起你
都忘記呼吸

你是我寫過
沒有用上修辭卻美得窒息就算想一氣呵成讀完也讀不盡的長句
為了念你
我忘記自己

異男忘

第一次對到眼
你心跳漏了一拍
他把跟你借的筆摔斷水
寫了小卡片賠你一支
卡片上有謝謝跟對不起
你腦補了我愛你

載你去搭火車
你坐在後座說手好冷
他說手可以放他口袋
那個瞬間
你連孩子的名字都想好了
但抵達車站時
你終究要下車的

過了很久很久以後
你收到他給的第二張卡片
上面寫著廝守終生
卻印了另一個女孩的名字

你在喜宴上看到他望向她的眼神
才知道暗戀與愛的差別
他拿著麥克風叫你上台

說希望單身的好哥們能夠趕快找到真愛
全場只有你知道
你早就找到了

你好想回到後座
把手放在他的口袋

你的名字

你是我生命中的贅字
每首詩
每句話
每一行字
都不自覺加上你的名字

你也是我生命中的錯字
以為把你圈起來
再寫十遍
百遍
就會變成對的

一開始的樣子

曾經想過
能否回到一開始的樣子
一開始的初見
一開始的靦腆
一開始的似曾相識

但其實
我們早已回到一開始的樣子
最一開始
形同陌路的樣子
互不虧欠的樣子

不得

有些人誇不得
怕是捧上天後
摔得更痛

有些人看不得
流氓似的
好像誰盯著就是尋釁

有些人笑不得
總說著沒事
心裡記恨

有些事
我一直捨不得
但你記不得

難的

寫過簡單的詩
有一千首
但牽手還是很難的
爬過簡單的梯
上百階都穩
但接吻還是很難的
愛過簡單的人

心被石化
但說實話還是很難的
告過簡單的白
說一聲永遠
但真的要一生，還是很難的

抓不住你
你一點都不簡單
你是最難的
最難得

文具店

圓規／

有一個人說
會跟你一起畫下正緣
但他卻在你心上刺了個孔

剪刀／

溫柔的人
把自己遞出的時候
尖口向內

三角板／

擲筊的你問完神
去找了比較近的他
我在銳角的一端，很遠

切割墊／

看起來很好
直到在夜裡蜷起身子
才發現傷痕累累

如果我是一座新冰箱

聽說從裡面推不開
我只好等你來
開燈都是因為你
從沒有為自己亮過

但每次被你打開
我都會少掉一點什麼

那他為什麼要愛你

你是一個溫柔的人
車上擺滿口香糖
掛著玉蘭花
在任何人的雨天
你都願意替他撐傘
會把他起伏的疤
撫成完好的痂

你把良善與溫暖給了世界
對待他就像對待世界一樣公平

那他留在世界就好
為什麼還要愛你
為什麼還要千里迢迢、沒有特殊待遇
的愛你

那你為什麼要愛他

因為只有他
能給你滿滿的
繼續愛這個世界的能力

可是他還是
沒有必要繼續愛你

光合作用 之一

你是光
照亮我的枝梢
合成氧氣與勇氣
你是水
流過我的葉脈
凝成清透的露
而我是一棵樹

不確定能不能開花
只知道不會結果

光合作用 之二

每次光合作用
都是無私的奉獻
把不要的全都帶走
把你想要的，全都給你
但你不知道的是每天晚上
他想要的跟你想要的
是一樣的

如果能，真希望自己是棵植物
即使不一定開花

小美

因為愛他
妳用聲音換了腳
卻從此成為他的所有物
只能張開雙腿
不能呼救
妳想念螃蟹與海星

但妳身邊最接近海洋的
是廚房水槽的泡沫

王子不是王子呀
當眼淚捲入漩渦時
妳這樣想著

童玩

陀螺／
他抽離得越快
你在原地打轉得越久

踩高蹺／
帶你看了最遠的地方
讓你摔得最痛的一次

竹蜻蜓／
高飛看到外面的世界後
他再也沒有回來

萬花筒／
得睜一隻眼閉一隻眼
才能看見絢麗迷幻的樣子

危險動作

那時候還不會走路
爬到床邊
翻了下來，很痛
從此知道爬到床邊是危險動作
到邊邊就不要再往前進

那時候還很幼稚
下樓梯用跳的
踩空摔倒，很痛
從此知道跳樓梯是危險動作
走樓梯就好好走

剛拿到駕照
時速九十幾一百

撞車了，很痛
從此知道飆車是危險動作
不能太快

愛上一個人
拚命去愛全力去愛
後來失戀了，很痛
從此知道，愛是危險動作

但你還是一直去愛

錯落

總在遇見不美好時
才思考它存在的意義
例如紅燈，要你休息
例如錯字，要你詫異
例如停電，要你睡去

例如我
存在的意義
是要你學會珍惜

我們都是錯的人
錯落在對方的人生

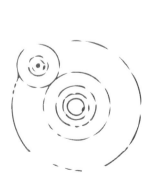

輯三　離開

你帶我離開荒原去看海

你帶我離開荒原去看海
你說你是太陽，會從山的這頭出現
你說你照不亮我的昨天，但能點亮今天
你說你身後的海很美，要將我帶離荒原
你說，愛我

我離開荒原，看了海，點亮了今天
愛了你

但
你沒說你會從山的那頭消失
你沒說你不能照亮明天
你沒說漲潮時，海水會將我淹沒
你沒說，有一天會不再愛我

你話都只說一半
我跟你也只剩一半
你曾帶我離開荒原去看海

望夫石

等待一年兩年
十年百年
當你的身軀化成一座石
心也是
其實早就知道已經沒在等他
但還是希望
倘若有一天當他回來

能看見你在這
還在這
一直在這

他要知道你過得不好
他必須要知道
愛沒有讓你撐下去
怨才是

成為太陽的理由

你曾經想變成太陽
變得更璀璨奪目
讓他在星海裡看見你
後來才知道
想變成太陽只不過是
想在他最灰暗的時候照亮前路

可是當下起雨時
他會背對著你離開
因為那個方向才有彩虹
你是太陽
你也什麼都不是

花與光

下起大雨綻放的
是沿著傘邊墜落的水花
在陰影中照亮的
是一整段有他的時光

但最後你會發現
水花不是花
時光也不是光

不綻放

不照亮

開心

他為我動了開心手術
雖然取走了我的心，但我很開心
但開心之後，他忘了關心
我只能自己替自己關心

比較花心的人

比較花心的人
會帶你去看海
他會捧著一束浪花
灑在你的手心
他會在沙灘上寫情書
但經不起一次潮汐

當海浪退去
你們走過的路上已沒有腳印
少了證據
他便輕輕離去

三月

你是三月的雀，我是五月的雨
而四月是阻隔你我的籬
也許你吱喳佇著籬
但春意那頭暖陽煦煦
你飛累了才能停上枝枒歇息

也許我下了良久的雨只為
尋你，卻跨不過冬季

我沒辦法倒轉時光穿過四月吻你
但這雨竟也不能撐過二月看你
如果四月是我的情敵
那二月是擋住我的宿命

十二月

不讓人意外的
冷，卻輕軟得像雲
這往往是十二月留下的溫柔

如果溫柔有必要，必要如瘂弦
那更不能少去酒的必要

只是你說，沒什麼事真那麼必要
除了不被淋濕

你打傘
但雨還在我的眼裡

給虧嗎

是輕浮的第一句話
你笑著說出口
我笑著低頭

曾經以為生命
虧得有你
讓我冬日有光

夏夜有窗

後來才發現
你留下的是虧待與虧心
光與窗都還在
只是再也透不進

月繞著地球
因而有盈虧

我要愛你
也得自負盈虧
抱歉虧欠了你
是你輕拂過的最後一句話

問神

佛說：你倆會有好結果
你便信了

很多年過去
你才明白
你倆沒有比陌路
更好的結果

工具間

螺絲起子／
在需要的時候借你一把
告訴你
會好轉一點

油漆／
自己選的顏色

卻常常懷疑
跟誰有染

強力膠／
能把軀體固定得最牢
卻讓你的思想與腦
飛得最高

鋸子／

像小提琴家手中的弓

優雅地來回

只是多了飛散的碎片

鐵斧頭／

我生來

只是為了被丟到湖裡

讓你獲得更璀璨的

數學系渣男

他與三角關係熟稔
知道用一些 cos(t)
就能消除他的 sin
他知道要把相識的她與她
不相鄰排列
共有多少組合

她們都要有玲瓏有緻的雙曲線
但如果變得橢圓
會立刻被遺棄
成為拋物線
往下墜落

但反正無辜的女孩
對他來說只是
等插數列

輸四圈

他在情人節補了花
在紀念日擲了萬
東南西北都一起去過
以為四喜配上一餅就是婚禮
但他還是輸了

關於愛情
他吃不到也碰不得
甚至就連道歉與告白
他都聽不見

愛不是他的舒適圈
他下莊後只能離開

溫柔的人

有一個溫柔的人
在流星劃過時提醒大家

車上已經掛滿平安符
還是會在車站前買兩串玉蘭花
逛超市的時候買了秋刀魚
因為樓下有隻流浪的小貓

他在雨天分手
但把唯一一把傘留下

後來
流星走了，花枯了，他感冒了
但他仍是個溫柔的人
仍慶幸自己是個溫柔的人
也幸好那天下雨，讓他想把貓咪帶回家
現在胖胖的

輯四 微笑

虎口

被用來形容
很危險的地方
例如馬路
例如跟你牽手時，碰觸到的那裡

這些都是我去過
很危險的地方

一起變成魚

想跟你一起變成魚
幸運的話
一起度過魚生
就算不幸，你得離開
我也能看得比較開

擲筊

你的臥蠶像一對筊
我迷信地
看著你微笑時
它們弧成剛好的角度

可是笑筊
畢竟也是一種拒絕

很有禮貌地
把我擲在剛好的距離

牛仔褲，但我不酷

自由行
但是我不行
牛仔酷
我卻一點都不酷

你是自由的牛仔
在日正當中一槍斃命

可我還是想跟你一較高下
睡一覺，在你家的高廈
直到有天
你打算回到西部
我會跪下膝部
娶你性命

一把

是單位詞啊
用來計算
計算螺絲起子與傘
火、菜刀與蔥
鹽巴與年紀

握著一把螺絲起子
你知道被鎖死的人生
會因為它
更好轉一點
掛起一把傘
代表我在你身邊
一起撐下去
面對大雨與人生

拿一把刀、切一把蔥、點一把火
用一把青春歲月
將無味的生活一一爆香
再佐上
你的淚風乾後
從眼角抹去的一把鹽
最後我們都一把年紀
但我仍要

一把抱起你
一直把你放在心底
是必要的單位詞啊
用來計算
你我之間的一切

誓約用紙

一個他隔著玻璃紙發誓
承諾清澈透光又七彩斑斕
但打破誓詞時
你碎裂的聲音特別明顯

一個他在宣紙上為你繪出山水
絕美可是大部分都留白

而你的眼淚只成為他硯台上的
其中一滴墨

一個他折起瓦楞紙
害羞地說抱歉有點廉價
但卻堅固得
像是你們的家

換了很多張紙、很多人
看著他們寫下不同的誓詞
有一些蒼白
有一些脆弱

幸好你最後終於知道怎麼挑選誓約用紙

我不怕黑

我不怕黑，只是開關不在床邊
但你離開的時候，能不能別順手關上
雖然我不怕黑，真的不怕
但還是請你別關燈
或是別離開

如果我能買下你的名字

你是王子
不，你比王子還要多一點
你是玉子
讓我很燒

有時候
聽到有人喚你的名

我會吃醋
畢竟我更早成為你的Fan

如果能夠
我會用我的名字買下你的名字
將所有醋飯與愛情
終歸於你
只希望最後點單時間
可以一起點一盤
比目魚

告白要寫錯字人家才會注意看啦幹

我因該喜歡你
因為，我就是該喜歡你

難到你的心感覺不到
你的心，是最難到的地方

每次離開，都還是想跟你在見
跟你在這裡相見

我以經愛上你
以詩經，投我以木桃，報之以瓊瑤，這樣愛你

應啦幹／道啦幹／再啦幹／已啦幹

看久了然都不像然

你是我的驀然，我不得不然
但我，只是你的偶然

我以為愛最終必然
燃成心頭甜膩的飄飄然
只是竟然，不盡然

剎那間，我已恍然
原來愛要那樣不以為然
要不然，怎能泰然
來生，我們順其自然

愛的格式

先慎選字體
請不要用新細明
建議使用繁黑 Adobe
或是你像我一樣少女心
可以安裝華康少女體
固定行高十六
當作你我之間適當的距離

選擇置中對齊
代表不花心也不偏心
打開尺規把格線貼齊
讓心情有點條理卻又失序
除非重要的東西像是愛情
否則請不要濫用網底

有時
圖片或是表格可能放不進

這時候邊界要調到最廣
就像對彼此的耐心

最後
把真心加進浮水印
轉檔成ＰＤＦ別忘記
讓愛的格式不再位移

聽錯歌詞。一加二

出賣／
「感情像個孖種，按一下就停。」
不是的
誰的感情說停就停
若那麼輕易放棄
那樣的感情，還真像個孖種

街角的祝福／

「我只好假裝我看不到，看不到你和她在對娍擁抱。」

這時代的小三很張揚
直接殺到娍面前
對娍擁抱

拋物線／

「愛沿著拋物線，妳媳婦，總降落得差一點。」
媽，對不起
我總抓不住那些我愛的女孩
抱孫子可能還要再等等了

最近／

「你腸結石，所有的一切，都只是開始。」

希望妳

好好照顧身體

逆光／

「那是淚光，那力量，我不想再去D檔。」
你已經逆光
D檔都不打，怎麼前進

我們的愛／

「我們的愛，過了就不再回 Line。」

現代愛情都是這樣

已讀攻毒

孟婆湯／

「就連枕邊的你的發燒，都變成了煎熬。」

百年修得共枕眠

請你隔離十四天

愛情指定科目考試

第一天考化學
你從他身上的淡香
猜是耐斯澎澎
還是費洛蒙
兩者的化學反應讓思念越來越濃

第三天考地理
你問出他住在哪裡
當司機接送讓他覺得貼心
當他說想往哪去
千萬別迷路否則很落漆

第五天考數學
這科不需要非常了解
飯後假裝忘了跟他收錢

等他拿出錢包說要ＡＡ
你說下次換他再請因為你沒有零錢

第十天考歷史
他可能會問起你的戀愛史
不要把前人講得一文不值
過去都過去別太當真
現在重要的是將他編入你的歷史

第三十天考物理
想起牛頓定律
你抱他有多用力
他就會抱你多緊
這是作用力與反作用力

第六十天考生物
減數分裂從國中就背到想吐
現在終於展開實務

但記得千萬不要忘了
帶上岡本或是小杜

第三年考英文
看起來很難其實靠直覺不用唸書
你帶著他一起走向神父
接著聽他說出那句
「Yes, I Do.」

第五年考國文
你們一起收養一隻小貓
他想取叫五乖你想取叫蛋勒
最後只好拿出字典隨手翻一頁
所有爭執迎刃而解

第五十五年考公民
雖然大部分的事他都已經忘記

但你仍在最後陪他天天複習
終於醫生開了一張證明
所有遺產裡你只在乎滿滿的愛情

後記：

很久以前寫的，

後來指考加考公民，

才又把它翻出來補。

原本只有停留在取好名字的國文科，

但想想，

這麼完滿，

大概不像大部分的愛情。

台語教室

我們閩南人
是很容易認真的

當他說塞車
我會以為他要踢車
當他問我有沒有看到他的擦子
我會以為他在找他的女友

當他說他要我
我會以為他愛我
當他用台語說他帶我走
我會以為他說
他娶我走

編按：
塞車：that-tshia 踢：that 擦子：tshit-á 女友（七仔）：tshit-á 要你：ài-lí 愛你：ài-lí 帶你：tshuā-lí 娶你：tshuā-lí

過敏

你鼻子過敏
對花、對貓、對梅雨季
你常說想剁了它
我不送花、不養貓
甚至可以為你放棄整個五月
只請你別放棄鼻子

後來某次吻你的時候
你鼻子卡在我倆之間
我想你大概也對我過敏
那之後連我也想剁了它

一棵樹

有時會希望自己是一棵樹
長到好高，看到好遠
直到被砍下
做成一本書
當你翻閱起
我會輕輕地告訴你
那麼多年裡

我看過的事情
那些關於小鳥的巢，春天的風
暖陽與光合作用
那些我為了來到你面前
所經歷的故事

有時會希望自己是一棵樹
長到好高，枝葉茂盛

直到被砍下
造成一方小舟
當你想去遠方
我會溫柔地承載著
漂過那麼遠
直到你停靠孤島
島上有花與小草
溪河與青石

你盡情地逛逛
我會在岸邊等你

有時會希望自己是一棵樹
長到好高，枝幹堅實
直到被砍下
蓋成一間木屋
當你想要一個家
我會勇敢地為你遮避風雨

讓你在我懷裡
擁抱著你
房子不大
但屋裡有你
我不會說話
但一直在這裡

量詞練習

一件／
可以是外套
是那年冬天滑落在地上
你為我拾起

一件也可以是鍾情
是我第一眼望見你

一道／
可以是眼神
是相視就明白對方的默契

一道也可以是回家
是我們緩緩走在公園的青石
希望時間比腳步更慢的路上

一網／

可以是魚
是手牽手走在夜市
撈一次五十元的嬉戲

一網也可以是情深
是活過越久越愛你

一起／

可以是事故
是來不及踩下煞車的撞擊

一起也可以是在一起
是你躺在病床上點了點頭
看著我為你戴上的戒指

一箱／

可以是行李
是你沒能帶走的回憶

一箱也可以是情願
是我一個人留在這裡想你

銀杏

起床之後
做了兩份早餐
上了機車
踢出後座踏板
睡著之前
留下一盞小燈

然後安靜的
一個人吃掉兩份早餐
低下頭收回踏板
熄滅小燈

很多事情都變成習慣之後才想起
你已經走了

所以我買了包銀杏
但準備收到櫃子才發現
你已經買過一包
在我說我好怕有一天會忘記你的那天

你買的銀杏與我買的銀杏
好端端地並排在廚櫃
就像我們從前那樣

下輩子

下輩子要轉世成秋後的落葉
要你理踩
我才戛然出聲
要轉世成你身上的瘀血
要你輕輕揉揉
要你疼

要轉世成很長的紅燈
要你佇足在白線
陪我倒數人生
要轉世成一座斷裂的吊橋
要你走到我的面前
依依不捨地轉身

輯五　來生

兩三件

你說：想些快樂的事
我記得快樂的事只有兩三件
你說：兩三件就夠快樂了

可我記得悲傷的事
也就兩三件
也很夠了

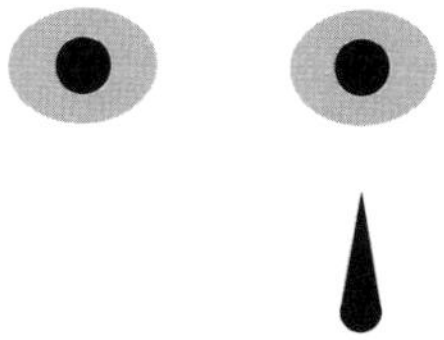

壞傘

生命像一把
壞掉的傘
你不想再撐
也只有這一把
生命像三顆
不均的骰子

明知擲不得
也只有這一把

天賦

你不記得星星的名字
不記得草皮的清香
但你記得那夜很黑而且
草地上有蜘蛛
你不記得櫻瓣灑落
不記得和他走過長長的路
但你記得那天下雨而且

雨水浸濕了襪
你記得出生那天你哭得聲嘶力竭
但你不記得母親親吻過你
因為你的天賦是只記得其中一些事
一些不快樂的事

可能不是那種適合活得太好的人

常常失眠，
難得睡得著時卻不想睡，
難得難得睡著，卻睡得很不好。
睡得很好時，鬧鐘就響了。
聽歌，聽難過的歌，
隨機播放到快樂的歌就會把音樂關掉。
但還是不把快樂的歌刪掉，

怕此後音樂播得沒完沒了。
電影也看，看最折磨的那種，
不一定是劇情傷心難過，
也可能是全場都是五歲小孩的海底總動員或妖怪手錶。
他們好吵，媽媽都不管。
可是啊，是你擅自闖入他們的世界。
所以都是，都是別人很好。
別人很好比起來你就不那麼好。
沒關係，你也不適合活得太好。

飛行之前

他們望著你的光
踩著你的影
對你微笑
無視你眼眶的淚
你有時候勇敢地說你怕高
他們不覺得承認膽怯是勇敢

他們叫你飛行
不在乎你疲憊的羽翼
你只好在飛行之前
先墜落

別揣測我的死因

如果你看見
我一個人流連水邊
請你狠心地，假裝不見
請你放心
我沒有被同學霸凌
我沒有課業壓力
我沒有被房貸壓得喘不過氣

我沒有失戀
只是也沒有眷戀
我沒有想死
只是也沒有想活
如果你明早看見我
躺在水面
請你溫柔地
別揣測我的死因

好好地活

他算了幾題最難的微積分
有些對
有些錯了
攀過他能攀上
最高的山
更高的他力不從心
買了一台單眼

拍下此生最想留在那兒的風景
但他還是得走
竭盡全力愛了一個人
然後
沒有然後

他想像自己是條河
走投無路時一躍而下
能躍成瀑布

就像他一生好好地活
活到盡頭時能夠
好好地死

好好地死，為了來生好好地活
但躍下的時候
他突然希望

不要有來生

終究沒能活成更好的人

八成情緒手足無措
九成事情一無所獲
而十成的人生毫不留情地輾過

當瑣碎的一切把熱血消磨殆盡
最先失去的是什麼
最捨不得失去的又是什麼

向世界道歉也向自己道歉
對不起啊，終究沒能活成更好的人

生來憂傷

從子宮內學會流淚
十個月釀成羊水
終於等到那天
你嚎啕出聲
你哭著
可大家都笑著
如同你後來的人生

一直哭著
大家還是笑著

當你死後
大家卻哭了
很奇怪
這明明是
你最快樂的一天

對不起我沒有經過別人同意就開走那架飛機然後墜毀

聽說鯨魚一胎懷一年
一次生一隻
所以鯨魚媽媽很愛很愛鯨魚寶寶
但鯨魚寶寶沒有翅膀，卻很想飛
聽說奧林匹克山的山脊絕美

只有飛行員有機會看見
但我的油料
只剩一點

如果成功降落
是不是以後就會讓我開飛機
還是你們會圍上來
痛扁我一頓
我有一次看著天空喃喃自語

其實不只一次
但沒人聽見
還好沒人聽見

昨天向世界說了晚安
世界沒有回應
我今天還是
活著醒來

對不起我看見跑道上的那架飛機
對不起我沒有經過誰的同意
對不起我真的好想飛行
對不起我最後墜毀

後記：

某天晚上，Youtube推了一支影片給我，
內容是劫機的地勤人員和塔台的對話。
記得那天看到新聞時，
我在辦公室怔怔說不出話。
就算到今天，還是沒人知道他當初在想什麼。
他幸福美滿、經濟無虞，
沒有人知道他為什麼要偷走那架飛機然後獨自墜毀。
至今還是沒人知道。

百憂解

你遙指天際說，有雨
我說那是流星
你說流星好近
我看著你卻覺得好遠

如果真那麼近
近到流星撞上我

那我許願，有來生的話
別再當人

輯六 傷心果

誤點。太魯閣408

多希望你是一班
誤點的火車
早該在前一天的
愚人節出發

起來說句：騙你的啦
這次我不會生氣

後記：

我喜歡去花蓮。

太魯閣號408車失事的那天，我原本要去花蓮過連假，但沒有搶到票。

朋友都以為我要去花蓮，所以那天我收到大量的關心與電話，確認我平安無事。

一邊慶幸沒有搭上那班列車，一邊又難過好多人都在車上。

那是愚人節隔天，第一次那麼希望能夠被騙。

我是班上的開心果

報紙上寫
我是班上的開心果
其實我一個人去福利社
一個人搭公車回家
一個人在音樂教室找被藏起來的直笛
我沒有很多朋友
沒有人為了我說的話大笑

因為我也很少說話

報紙上寫
我是會分擔家務半工半讀的孝子
其實我昨天才跟媽媽頂嘴
在她面前甩上房門
半工半讀只是想買能讓我躲進去的電動遊戲

報紙上寫
某位貨車司機恍神
撞死一個好孩子
撞死一個班上的開心果
撞死一個孝順的兒子
全國撻伐

我想說聲對不起

我只是那天很不開心
自己衝了出去
我從來都不是開心果
或許可以老實地說
我是傷心果

1995

站在月台第一個是幸運的事
能夠先佔到位置
人生沒來得及卡位至少搭車可以

高樓的窗戶可以打開
是為了雲梯車與緩降機
不是為了躍下

吊橋沒有圍欄才美
你可以用照片記得
別用新聞

剩下的炭不會過期
明年中秋再用
他們都在等你一起

後記：

每次看到有人自殺，心情都很複雜。

我不喜歡輕生這詞，因為我知道，這決定一點也不輕，沒有什麼比這更重的了。

我也不覺得自殺是傻事，因為我明白生命中有許多無力抗拒，退無可退以後，沒有更好的選擇。

但活著雖然辛苦，仍希望看完這段文字的你，能夠想想還有沒有一點點美好的事，可能只有一點點，但至少是美好的事。

五月三十五

在那之後
孩童背不完九九乘法表
必須卡在八乘七
至於八乘八是多少
一直沒人知道

教歷史的爺爺說

一千三百多年前
恰好也是五月三十五日
另一個門發生了另一件事
是一個剷除異己的故事
我問他，哪一個門
他說，玄武門
我問他，後來呢
他說，大破後，能大立

隔年便迎來盛世

我問他，那天安門呢
他叫我小聲點，別被人聽見
至於八乘八多少
長大知道了
但沒人敢說
沒人能說

我死了以後。念洪仲丘

我死了以後
有二十萬人走上街頭
他們唱著為我寫的歌
我揮揮手，可他們看不見我
我死了以後
姊姊哭了好久好久
久到我捨不得走

我想擁抱她，可她也看不見我
後來有天
廣場上的人散去
姊姊脫下口罩，拿起麥克風
我轉過身，跟她說聲珍重
我死了以後
改變了這個島嶼未來怎麼走
我沒有回頭
只希望沒有第二個我

沒有過戰爭

戰爭不好
所以你那天放棄戰爭
後來他在你身上標注價格
推到市集要你叫賣
他把警棍插到你嘴裡
直到你說出他想聽的歷史

他讓你看王子公主的影片
從此你相信幸福快樂的日子
放棄過一次戰爭後
再也沒有得戰
也沒有得爭

你從此不同意你不應該沒有不專情的理由

他們拒絕承認你的愛情
說你沒資格享有神聖的婚姻
他們臆測你的交媾姿勢
說那是錯的手指與錯的洞
他們隨口說同志都很花心
說你沒有能耐經營長久關係
他們否定否定否定

用很多否定寫了一個例句
負負得正，再負得負
從你六歲喜歡隔壁男孩到二十六歲愛上男同事都全盤否定

過了很多個孤單的夜晚以後
負負得正
終於有人寫出一句很長很長的法案
你下跪求婚

不，你下跪求他與你締結司法院解釋第七四八號施行法關係
你從此不同意你不應該沒有不專情的理由

尪

他是尢，但只有宴客那天是新郎
後來就是大王
荒唐幻想自己妻妾成雙
妳也只有一天是新娘
之後就是糟糠，是廚房
還有著床

妳想起典當掉的嫁妝
有點迷惘，有點失望
而青春被困在那張相框
慢慢泛黃

外勞很臭

外勞很臭
高中放學會經過桃園火車站
總會跟一群正要上班的外勞擦身而過
他們搶台灣人的工作
還帶來廉價香水的味道
很臭

原住民很貪心
我努力考上好大學
他靠加分硬是比我前一個志願
被搶地殺頭的是他阿公又不是他
憑甚麼拿那35%
有夠貪心
Gay很噁
大學畢業那天室友跟我告白
說他喜歡我四年
皺眉想起曾經跟他一起洗澡睡覺

我勸他當個正常人然後封鎖
超級噁
女人很不守本分
她說她婚後想繼續工作
但賺比較少幹嘛工作
誰要煮飯帶小孩
儘管她在床上讓我很爽
我也打算放棄這個不守本分的女人
國家被莫名的價值觀養壞

什麼自由平權轉型正義
什麼女性自主種族平等
都是一群自助餐
那些觀念在先進的歐美
一定不是這樣吧

所以我存了點錢去美國
直到某天
有個白人掩著鼻子從我身邊
快步走過

批踢踢童話故事

三隻小豬／

大野狼吃了豬大哥
吃了豬二哥
晚上，豬小弟回家告狀
豬媽媽哭了
大野狼笑他
母豬母豬，夜裡哭哭

狼與七隻小羊／

大野狼吃豬吃飽了
不吃羊
他寫下溫暖的文字：洋是給ㄈㄈ尺吃的
從此這裡洋溢著滿滿的幸福

綠野仙蹤／

鐵皮人強暴了桃樂絲

稻草人說：「誰叫她拿著潤滑油幫鐵皮人擦」

稻草人至今還在尋找它的頭腦

睡美人／

王子親了一下
醒來的公主越想越不對勁
告上法院
村民怒罵：「誰拯救妳的！」
公主不知道自己睡得好好的
為什麼要被拯救

小紅帽／

小紅帽帶奶奶出門
大野狼看到奶奶，說了聲：「幹，想揉」
村民質問小紅帽
為什麼要帶奶奶出門

金銀斧／

「兩把都是我的！」貪心的樵夫說
「你太貪心了！」女神沉入湖底
樵夫把所有斧頭往湖裡丟
湖水變成鮮紅色
村民說
不如當初把斧頭給他就好了

後記：

我是ＰＴＴ重度使用者，每天都會上去看看，有時也會看八卦板。直到某段時間，開始出現仇女言論，便越來越少看了。

後來在詩版看到網友寫了詩，說王子用吻為公主解除詛咒，卻因公主越想越不對勁而被狀告。

我不認為王子沒有經過同意就親吻公主是個拯救，

於是寫了這首，想讓根本不是王子的王子知道：公主睡得好好的，不需要被誰拯救。

媽媽

ㄇ是聲母
是生母
是痛得撕心裂肺那天
她剪斷了臍帶
後來她也剪斷了胎髮與針線
卻沒有剪斷你離開她身體後
她每天每夜的掛念

ㄚ是韻母
是孕母
是重得舉步維艱那十個月
她為你挺過一切
她也挺著胸脯
你咬著，她咬牙
似乎感覺不到痛
她期待你會爬
牙牙學語叫聲媽媽

第一個媽是一聲
是一生
她沒有對誰發誓
但她會用一生好愛好愛你
第二個媽是輕聲
她輕聲唱著搖籃曲
輕輕地搖著搖著
看你睡去

後記：

我弟準備學測時，叫我幫他複習國文。
我考他：聲母相同叫什麼？
正解是：雙聲。
他說：生母相同應該是親兄弟？
聲母生母，韻母孕母，
於是有了這首可愛的詩。
我媽應該還沒看過，
這首送給她，
希望她像愛我一樣愛它。

生來憂傷

作　　者　謝知橋（謝蔚儒）
責任編輯　許芳菁 Carolyn Hsu
責任行銷　袁筱婷 Sirius Yuan
整體裝幀　李明剛 Comlee
版面構成　譚思敏 Emma Tan
校　　對　黃蕆肴 Bess Huang

發 行 人　林隆奮 Frank Lin
社　　長　蘇國林 Green Su

總 編 輯　葉怡慧 Carol Yeh
主　　編　鄭世佳 Josephine Cheng
行銷主任　朱韻淑 Vina Ju
業務處長　吳宗庭 Tim Wu
業務主任　蘇倍生 Benson Su
業務專員　鍾依娟 Irina Chung
業務秘書　陳曉琪 Angel Chen
　　　　　莊皓雯 Gia Chuang

發行公司　精誠資訊股份有限公司
　　　　　悅知文化
地　　址　105台北市松山區復興北路99號12樓
專　　線　(02) 2719-8811
傳　　真　(02) 2719-7980
網　　址　http://www.delightpress.com.tw
客服信箱　cs@delightpress.com.tw
ISBN　978-986-510-257-9
建議售價　新台幣380元
首版一刷　2022年12月
　　九刷　2024年03月

國家圖書館出版品預行編目資料

生來憂傷／謝知橋著. -- 初版. -- 臺北市：精誠資訊股份有限公司,2022.12
240面；13×19公分
ISBN 978-986-510-257-9（平裝）

863.51　　111019010

建議分類｜華文創作